말의 온도

소리로 읽는 책

이 책에는 글을 읽을 수 없는 분들을 위한
점자·음성변환용코드가 양면페이지 우측 하단에 있습니다
별도의 시각장애인용 리더기 혹은 스마트폰 보이스아이 어플을 사용하여
즐거운 시 감상이 되기를 바랍니다
voiceye.com

Over a Wall
Poetry
34

말의 온도

전용숙 시집 2

마음에 선인장 하나

숨 기워가는 삶
소중한 줄 알게 된 팬데믹
뱉는 말 무서운 줄 알아가는 나이
마음의 손 잡고 숨 쉬고
가슴으로 나누는 대화 있다면
코로나 있어도 이기는 힘 또한 키우리니
우리는 마음의 선인장 하나 가슴에 심을 일
붉은 꽃 기다린다.

2022. 01.
새로운 해를 맞으며
전용숙

차례

—시인의 말—

—1부_눈·꽃·점—

2부_바람

차례

3부_말의 온도

—4부_그때 백마에 가고 싶다—

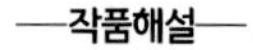

—작품해설—

말의 온도

1부

눈·꽃·점

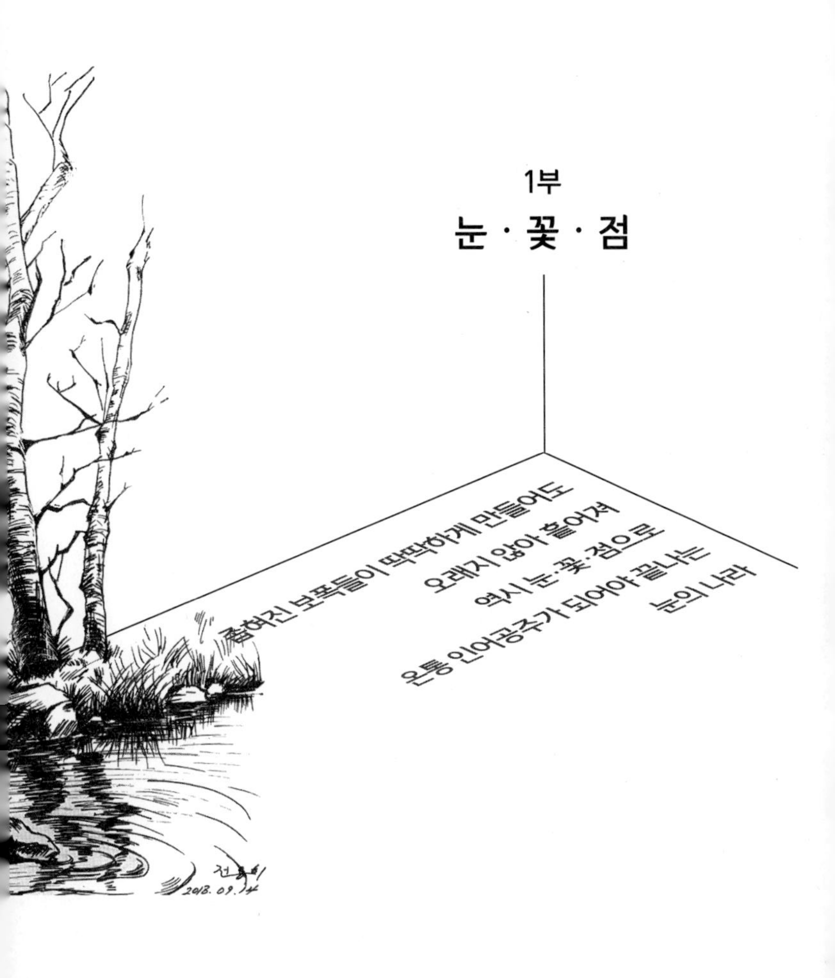

좁혀진 보폭들이 딱딱하게 만들어도
오래지 않아 흩어져
역시 눈·꽃·점으로
온통 인어공주가 되어야 끝나는
눈의 나라

눈·꽃·점

세상이 눈이 되었다
나도 눈이 되어야겠다
딱딱한 것만을 좋아하는 이들
거품처럼 가볍고
아무리 크게 만들고 쌓아도
한 방울 물그림으로 끝나는
나 눈이 되어야겠다

손바닥 위 한 송이
눈 · 꽃
사라질까 얼굴도 가까이할 수 없어
나도 누군가의 눈이 된다면
그도 나를 이리 보아줄까
접지 못하는 손바닥 위에서
눈 · 꽃이 춤을 춘다
점, 그 하나로 마음에만 남는
나도 눈이 되어야겠다

좁혀진 보폭들이 딱딱하게 만들어도
오래지 않아 흩어져
역시 눈 · 꽃 · 점으로
온통 인어공주가 되어야 끝나는
눈의 나라

꽃의 나라
점의 나라
나도 눈이 되어야겠다

눈 내리는 날

가슴으로 내려와
녹는 줄 모르고
허공에 대고 외치는 소리

손을 내려 감싸 안으면
오롯이 느낄 수 있을 텐데
먼 하늘 바라보며 외치는

옆을 보면 흰 자태 볼 수 있을 것을
어쩌자고 먼 곳 바라봐
정작 녹아내린 눈만 받아 안는가

눈은 저렇게 허공에서 반짝이는데

얼음

언제부턴가
조금씩 조금씩 얼어갔다
마디마디를 지날 때
얼고 있다는 걸 느끼고
그리고는 계절을 잊었다

언제부턴가
계절은 겨울에 멈추어
얼음을 얼렸다
구석구석 서걱서걱
얼음 부딪는 소리로 가득
내 계절은 겨울 속

언제부턴가
애써 얼음을 녹이려 하지 않고
단단함에 기대
변해가는 나를 보았을 때
반 이상이 얼어
더는 삶에 말랑거리지 않는
얼음 얼음
부딪혀도 아프지 않았다

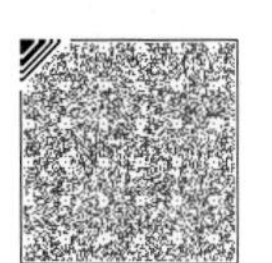

겨울 종이꽃

안전을 피해 불안전의 거리로
손 내미는 계절
사람들도 바람따라 비껴가는 자리 한 켠
5월 3일 어머니가 돌아가셨어요
도와주세요

손등 위로 칼바람 고랑 만들던 날
보여도 보이지 않는 간절함은 돌로 눌러놓고
춥지 않았어요
엄마가 밥하다 쓰러졌어요
고드름처럼 매달린 웃음

너도나도 지났을 거리
계절이 바뀌는 바람 맞으며
울지 않는 눈동자
엄마가 나를 보면 슬퍼서
이불을 덮었어요

벌레가 나와요 자꾸 나와요
테이프로 붙여진 이불보다
더 단단히 굳은 시선들
꽁꽁 언 종이꽃 한 송이 살 수 없어
5월 3일 어머니가 돌아가셨어요
도와주시요

꽃눈 맞다

잔치에 눈이 오면 잘 산다 했지
그래서 봄에도 눈이 많이 내리나?
가슴에 한가득 받아 안은 빛
그 틈을 분홍빛 눈발이 나부댄다
한 생 잘 살다 간다고
지나는 이 발아래 엎드려
즈려 밟힐 줄 아는 겸손
올봄 여전히 봄눈 가슴에 내리는데
지난해보다 오래 보고 싶다
꽃 즐기던 이 마지막 꽃눈까지
잊지 않고 눈 안에 가두게
4월 배웅하는 꽃눈
눈물도 없다

상처

눈 내리는 날에는
부끄러웠다

내 발자국에
흠이 생겨 흉해지는 눈
어깨 위에서 속절없이
녹아내려
뜨거운 심장을
부끄럽게 만드는

난 눈에게 상처를 주었다

정작 눈의
아름다움에 치여
상처받는 건 내
가슴인 줄 모르고

나팔수선화

꽃이 흔들리면 생각나
밤마다 거울보고
참회록을 써도
반성은 완성된 적 없이
새벽길 헤매는 잎새

내년에 피는 그 꽃은
내 반성을 받아줄까
노오란 잎 그리운 날
불현듯 다가올까
나팔수선화

그가 간 자리 살짝
흔들림으로 피었다간
마음에 한 송이로만 남는
너를 위하여
2월이 짧다

봄

줄 끊어진 풍선
아득히
사방으로 번지는
속도
누구도 막을 수 없는
방정

꽃길

난 꽃이어라
길 가장자리 엎드려
겨우내 삶 얼었다 녹여낸
강건한 뿌리의 꽃
피어날 날 꿈꾸는

그대 꽃이어라
먼 하늘 구름으로 피어
바람처럼 떠다닐
만남을 기다리는
날

봄 오고
나 그대 꽃 피어
길 가득 피워내면
파란 다리 위에 역사 걸으니
꽃잎 날리는 길
한 컷 한 컷 담아지리다

꽃물

꽃물은 꽃을 피웠다는 기억
저마다 한 자락 꽃물 남기고
피고 또 지고
꽃의 흔적 진하다

비라도 내리면
마음 뿌리까지 내려와
흥건한 자취로
저를 기억하라 한다
나를 물들여 가며

꽃물은 꽃으로 살았다는 유언
자리자리마다
유언장 밟는 소리
봄날은 간다
꽃물 진해질수록

사월 소리

소리 없는 색들의 침입에도
소리 없이 참기만 하는
사월 하늘은 그저
봄을 기르는 손가락
바람결 싸 안아 꽃잎 날리는
사월은 소리조차 없는데
세상은 사월에 아우성이다

새순을 내는 나무도 조용하고
하룻밤에 번져가는 개나리도
소리 없이 색의 영토 늘릴 줄 아는데
웃음소리 함성소리에 묻힌
사월의 눈물은 소리 없이
바다로 들로 나뭇잎 위로
그리고 가슴에 잊지 못할 응어리
적시며 손가락 사이
사월을 내린다

동백 지다

비껴 지나는 길
빨간 물들인 도로 위
꺾인 모가지 한 웅큼
눈을 돌리게 하지

무성해진 잎만 남기고
밤새 빠지는 머리칼이 되는
초봄의 장례행렬
꺾인 목만 탓하지

쨍한 푸른 치마폭에
빨강 꽃 몇 점이 떨어진 것뿐
푸른 하늘은 두고
어쩌자고 떨어졌다고 꽃만 탓하지?

세상엔 스러지고 사라진 것
발밑에 무심히 두고 지나는데
어쩌자고 동백 붉은빛은
눈 돌려 보지 못하는 걸까
피었을 땐 그리 사랑했거늘
꽃은 서럽기만 하여라

살고 싶지 않았으랴
꺾이지 않고 피어 있고 싶지 않았으랴

두고두고

때 되면
봄은 봄처럼 오고
가을은 가을처럼 가는데

사람은
순서지를 잃어버리고
아이가 어른보다 먼저 가는

두고두고
그리움 계절무덤 만드는
세상사 헛바람 속 눈물바다

두고두고
봄은 봄처럼 가고
가을은 가을처럼 오는데

사월 사이

내가 준 건 시간이었다
꽃 피워 손등 위에
한 잎 떨어질
바람 불어 먼 곳 소식
가슴에 담길
구부정한 정신 바로 세워
새길 바라볼

사월과 나 사이에
진득한 기다림이 없었다면
봄이라 느끼지 못할 날
바람도 그저 성가신 것뿐

저 나무 사이를 돌아온 듯
곁에 선 바람 많은 사월
눈물 흘려도 숨길 수 있어
안개에 갇힌 흐릿한 눈으로
사월을 본다

사월이 내게 준 건
웃으며 눈물 흘리는 얼굴
꽃을 핑계로
울어도 좋다고 허락해 주었다

사월 사이에
난 운다
꽃피는 바람 속 거리를 헤매며

여름꽃

제 속보다 진한 빛
아침저녁으로 뽐내고는
살짝 꼬리 내린 꽃무리
혼자는 외로워 무리무리
구름 닮아가는 여름 꽃
초록보다 진해야 알아 봐 줄 터
보랏빛 진홍빛 여름을 탄다
아 볕에 그을리고 그을려
초록보다 진해진 거겠지
짙은 구름 속 여름꽃이 뜬다

능소화

여름 꼭대기부터
살살 내려오며 밝히는 불
빛을 나르는 초록 잎
대문 앞 문패

밤새워 지키는 건
대체 무엇이기에
떨어지면 또 피고 또 피고
여름밤 햇살

마실 나온 이
발밑 비추는 선한 눈빛
여름 꼭대기부터
밤을 사는 이들을 지킨다

장마

나를 가둔 빗속에
시간도 갇혀
유리 저쪽을 바라보다

창살 줄줄 흘러
감히 나갈 엄두 못 내고
낮밤을 지킨다

아우성치는 소리
밤낮을 꿰뚫며
머릿속을 찌른다

문 닫고 창 닫고 귀 닫고
밤새 웅크린 시간
잠시 멈춘 비 사이
탈출을 꿈꾼다

그

빼앗긴 자리에 들어온
처음부터 말없는 부침
다시는 침입받지 않겠다던
다짐이든 맹세든
잔바람에도 흔들려 날아가고
한 켠씩 내주던 자리는
키만큼 야금거리며 자리 잡았다

짙은 계절이 오는 길목에
아침마다 더 자라는 걸 보며
마음 조이는 건
처음의 다짐마저 뺏기는 것 같아
잠마저 설치고 빼꼼 내다보면
일찌감치 들어와 파고드는
그림자는
계절 따라 부지런해지는데
달아나기 바쁜 나는
여름날에 귀속된 더위 한 줌

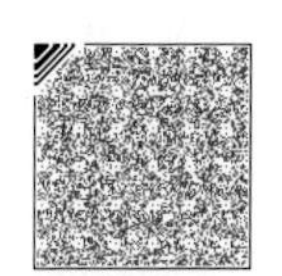

가을 속으로

자동차가 노을 속으로 빨려 들어간다
거대한 노을의 날갯짓에 속수무책
먹잇감이 되어가는 자동차
거기에 손 닿을 수 없이 높은 하늘
웃는다 웃는다
자개무늬 하늘 붉은 비늘
들녘에 한 무리 내려와 드러누우면
흔들리던 벼이삭도 누렇게
바람에 빗질 맡긴다
겸손했던 바람이 일어서는 시간
나그네마저 본분을 잊고 돌아갈 곳 찾는
가을은 어딘가로 들어가라 한다
오늘 누군가의 마음에 들고 싶다

정갈하지 않아도 욕할 이 없을
가을마당
잔칫상 푸짐한 가을 자리
지나는 이에게
별 한 줌 하늘 한 조각 뚝 떼어주어도
남아있을 가을 박박 긁어
떠돌다 떠돌다 슬쩍
내 마음 여는 이 목에 걸어주고
짙은 갈빛 속으로 함께 가고 싶다

11월 끊기

아까운 달력 한 장 없었는데
한 입씩 베어 물린
11월 달이 아까워
달력 넘기기 어렵다

미련퉁이 11월 부여안고
양수리 강가에 앉아
보내려던 숱한 미련들
가거라 가거라 해도
아침이면 머리맡에 와 있는

그래, 11월
가기 싫거든 가지 마라
보내기 싫거든 보내지 말지
풀어진 인연 다시 맨다면
1월 그 첫날에 기꺼워할까
보내고 싶던 11월

그 끝의 실 하나
아직 내 안에 연줄 매어두었다

눈 내린 아침

달빛보다 밝은 눈
몰래 올 때가 많은 건
밤길 걷는 이 길 잃을까
누군가 가지 말라 잡을까
몰래몰래 사북 사북
밤길 걸어와
새벽잠 설친 이 깜짝 선물
종합선물세트 마당 가득
누구에게 나눠줄까
빗소리에 잠 못 들던 그 여름밤
한 되 떠다 주고 닮아보라 해 볼까
눈 내린 아침
선물상자 뜯어보는 웃음이 가득

2부
바람

바람 멀리 가지 않았다
바람 외롭지 않았다
바람 머리 위를 날았다
바람 설렘의 손끝을 흔들었다
바람 색을 날렸다

바람

바람 답답하지 않았다
바람 끈적이지 않았다
바람 춥지 않았다
바람 싫지 않았다
바람 멀리 가지 않았다
바람 외롭지 않았다
바람 머리 위를 날았다
바람 설렘의 손끝을 흔들었다
바람 색을 날렸다
바람 노오란 가슴속을 날았다
바람 품속에서 나비 날았다

숲의 소리

숲은 한 가지 소리로만 말하지 않아
그래도 누구 하나 시끄럽다 하지 않아

우리는 한 가지 말로 서로를 향하는데
매일 시끄럽다 귀 막고 돌아서
다시 안 볼 듯 눈 감는다

아침에도
숲은 소란스러웠지만
아무도 소음피해로 귀 막지 않아

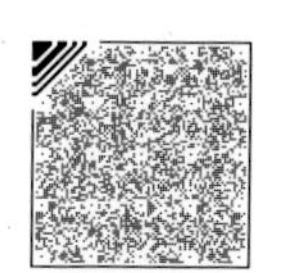

길 위에

없어진 휴게소
새 길은 터를 만들고
머언 이야기하듯
두런두런 바람을 굴린다
길 위에
사라진 일들 찾는
사람들 발길
바람에 섞여

옛일 그리는 이와
새 길에 웃는 이들이 만나는
미시령
그 위에 부는 바람
이름을 잃었다
골골마다 숨었던
몇 천년의 말들
또 새로운 산허리를 감고

그래도 사람들은 길을 기억하고
돌고 돌아 길을 찾는다
미시령 휴게소
바람 저 혼자 밤을 지키겠지

유혹

니들이 저지른 일에 비할까
설마 니들만 하려고
이번만 눈감으면
작은 걸 봐주면
큰일 하지 않을까

순간순간
가슴을 흔드는 바람
깃대는 흔들리지 않아도
펄럭이는 깃발은 어쩌라고

옳고 그름 앞에
부는 바람이 시리다

푸른 하늘

하늘이 푸르다
부끄럽게스리
두 손 뒤로 감춰도
비죽 드러나는 주머니
그 속에 숨겨진 부끄럼

푸르다 손이 시리게
올려다보기 망설이는
마음도 생각도 뿌리는 머리
그런데 그 머리 들어
하늘 올려다보기 어려운 날

종일 피했다
들키면 큰일 날 것 같아
구름 낀 그늘 밑으로
손도 감추고 얼굴도 숙이고
콩닥이는 가슴 속도 숨기며
요리조리 숨었다

끝 간 데 없는 하늘이
따라다니는 줄 모르고
속속들이 들킨 줄 모르고
언제나 푸른 하늘 이고
거울을 자신 있게 볼 수 있을까

비자림

그물망 그늘 속
한 움큼 햇살 만족한
초록 살아
욕심 없으니
얄팍한 바람에 제 몸 움직여
큰 나무 그늘이라 원망이 없네

축축한 땅 말리는 햇살
비자림 걷는다
큰 나무 잎새 살짝 들추고
비자림 물든다
숲을 말리는
비자림 잠긴다

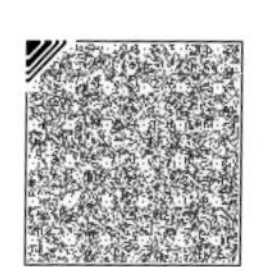

햇살

누구라도 햇살은 거두지 마시오
한 자 두 자 남아돌아 볕 자리
하루해를 그냥
놓아두시오 놓아두시오
잠시 비운다고 햇살 달아나지 않으리
설사 달아난다 해도 아깝지 않음은
누군가의 그늘에 들어 양지돼 줄 걸
나 너 우리 다 아는 것을

제발 햇살이 논다고 거두려 하지 마오
쓸데없는 거라도 내 것으로 두어
주는 이의 기쁨 잠시라도 느끼게
발치에 손톱만큼 남아도
내 볕일랑 거두지 마시오
그저 만평보다 넓으려니 여겨 주시오

누구라도 내 햇살은 거두어 가지 마시오

귀로

- 땅끝에서

끝을 보아야 했다

끝이, 땅이 거기에 있다기에
갈린 마음 엮은 길 따라
다른 산
가르마 굽은 강길 따라
가는 길도 흙빛이 다르다

태초에 끝인 듯 엎드린 땅
바다도 끝인 양 따라 엎드렸다
사람들 말조차 바다를 닮고
땅끝을 닮은 얼굴들 붉다

토말석 앞에 서
시작을 보았다
돌아갈 곳의 시작
길은 거기서 시작되고 있었다

왜 말하지 않는가

낮에도 어두웠을 그 방
들리지 않는 소리로 우는 이 있어
모양도 알 수 없는 형상
벽은 말하지 않았다

밤이 두려운 달
해 뒤로 숨은 그날도
꺼이꺼이 방 네 귀퉁이로
너울너울 울음소리 퍼지던
그래도 벽은 말하지 않았다

그저 위에서 옆에서
사선의 시선이 바라보던
벽 사이에 울던 이
한 뼘씩 다가드는 벽
벽은 왜 말하지 않는가

폭주의 시대

바람도 일지 않는다
헛것인 양 눈앞의 물기들이 지나
온몸이 더위의 오라를 받아
한 발도 나아가지 못한다

그렇다 절기는 무시 못 한다
세상은 조용하지 않다
그러나 답은 하나
시간이 가야 한다
기다려야 한다

시간 속에 갇힌 사람의 얼굴
원망도 잊은 낯빛들이 슬프게
일초 일초를 뒤지며
바람의 살 사이에 서 있다
교차로 신호등도 더위에 스톱
정해진 시간들이 멈춘 시대

오늘도 낮 기온이 폭염경보
바람도 일지 않는 시간 속

발바닥

아무도 보인 적 없는 발바닥
내 손은 보이지 않아도 본다
손바닥 가득 안긴 발바닥
미안함에 숨죽인 발이 운다

아무렇게나 움직인 보폭
여기저기 갈라진 발바닥
그래도 손은 마다치 않아
쓸어주고 닦아주고
비밀은 손에 의해 덮인다

발바닥 손금처럼 길이 난
사이사이로 삶이 흐른다

수종사

삶 같은 각도
오르고 또 오르고
절 마당에 마음을 풀었다

눈물 같은 가쁜 한숨들
굵은 기둥으로 자라
보지 못한 건물 우뚝
하늘의 여백 채우고

귀가를 서두르는 햇살
동무가 되어야겠다며
하산을 시작하면
그저 등 따스운 것만으로
올라올 때 마음 벗어두고

가자 가자
발밑을 가림 해준 햇살 안고
땅 아래
온 길을 되돌아간다

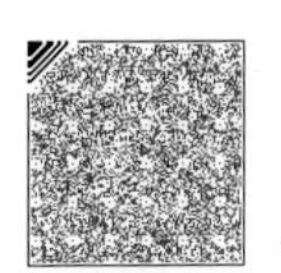

시계꽃

꽃은 시계가 되는데
시계는 꽃으로 필수 없는 날
바람의 초침이
시계꽃을 피운다

주입된 시계의 공식
마음에 각인된 꽃의 속살거림
나의 시계는
꽃으로 피어 날 꿈을 꿀 수 있을까

경직된 이름들이 줄을 서
아름다움의 자유를 꺾은 지 오래
꽃은 시계가 되지만
시계는 꽃으로 살 수없는 날

바람 속에 초침은 꽃을 피운다

새소리

새는 보이지 않았다
한 마리 두 마리 세 마리
누구의 입에서 나는 소리일까
입이 움직이는 건 보이지 않고
소리 소리 소리

머릿결 같은 바람
한 줄기 두 줄기 세 줄기
어느 바람이 나무 흔드는지
서로 부대끼며 자장자장

네모에 담은 정지
그러나 살아있는 소리
움직이는 울림이 있어
흐르던 눈물은 감은 눈 사이로

빈 바다

가끔 바다도
혼자 있고 싶은가 보다
거추장스런 것
훌훌 털어버리고
홀로 있다
아니 운다
엉엉

태풍을 핑계로
꺼이꺼이
울음을 토하는
바다의 속내는 무얼까
누구 서러움 두었다
대신 차고 넘치면
후딱 토하는 울음
그럴 때 바다는
비어 있다
빈 바다

내 속앓이도 울어줄까
엉엉

평강을 꿈꾸다

온달이 바보였을까
평강은 울보였을까
거울 속 평강은 곱지 않았을지 몰라
자신감 없던 마음
더 자신감 없던 온달의 마음
다둑다둑 마음을 쌓아
자존의 돌탑을 얹고
온달만 커 간 게 아니라
평강의 여림에도 자신감을 입혀

혼자는 어려웠을 자존 세우기
서로의 어깨를 기대고 서야
온달은 바보가 아니었고
평강은 울보가 아니었던 것
그저 비워진 구석 채워줄
온달이 평강이 되어준 이
밤마다 결심을 잊지 않게 있어준
도깨비 그도 누군가 앞에 나타날
용기 평강을 꿈꾸다

온달 같은 사람
평강 같은 도깨비
날마다 살아가는 용기를 쌓다

가지 않은 길

떠나는 왕자의 모습
숲 안개에 숨을 때까지 서 있다

왕자의 강렬함 대신
난쟁이들의 지긋하고 든든함을 택해
일곱 개의 손과 발이 되어주는 일상에
공주였다는 사실을 잊어
백설은 난쟁이 촌의 여왕이 되었다

한결같은 헌신이 당연하던 날
첫 번째 난쟁이가 병석에 눕고
줄어든 수입을 위해 약초 캐기까지
백설도 마을의 일원이 되었다

수입의 분배가 갈등의 시작
함께 먹고 버는 문제는
힘이 없어진 늙은 벌목꾼 난쟁이에게
생계를 책임져야 하는 입의 갯수만
가슴에 남아 하루는 늘 길다

허술한 식생활에 또 다른 병자가 생기고
세월이 백설을 피해가지 않았다
옛사랑이 왕이 되어 찾는다는 말
처음처럼 물리치지 못하는 마음
난쟁이들도 눈치 채고 있다

멀리 안개 숲에 왕이 된 이의 모습
백설은 그 자리에 서 있다
왕은 서서히
아주 천천히 백설의 곁을 지나갔다

"아 나오지 않았구나
백설 부디 행복 하시오."

그저 그렇게

오늘을 살아내는 거라
머리맡 알람
계절성 탈모
새벽을 알린다

밤새 몸부림친 흔적
고스란히 침대 위에 흘리고
서두른 아침 조각들 묻고
지난밤을 잊는다

그저 그렇게
시간을 잊고 살았는데
약속을 지키려 아등바등
세상 속에 둥지를 지으려

아, 다 두고 숨고 싶다
숨고 싶다 다 두고

3부
말의 온도

말에도 온도계를 넣어보자
너무 차거나 너무 뜨거우면
식히거나 데워보자
말의 온도는 가슴에 대면 안다
함께 가슴에서 적절한 온도의 말
꺼내어 쓰고 또 넣어보자
2018. 09. 14

말의 온도

한 번도 말의 온도 잰 적 없어
그 끝이 날카로운 줄 몰랐지
등 돌린 사람 돌려세우는 길
말의 온도나 글의 온도로
함께할 수 있다는 걸
가끔 해리장애처럼 잊고 살았네

다른 이의 말
내 손 안에서 녹아 없어지던 날
내 말도 다른 이의 가슴에
녹아내렸지
손 맞잡지 않아도
말 서로 기대면
온도 느껴지는 대로

말에도 온도계를 넣어보자
너무 차거나 너무 뜨거우면
식히거나 데워보자
말의 온도는 가슴에 대면 안다
함께 가슴에서 적절한 온도의 말
꺼내어 쓰고 또 넣어보자

별의 몰락

별을 따려하지 마라
여기저기 사다리 옮겨 다니며
별자리 재는 이들이여

짧은 손 높이 들어
별 근처 뒤지는 이여
사다리 끝에 매달린 안쓰런 발버둥

별 따려하지 마라
이미 떨어진 별만으로
환해진 땅 위를 봐
점점 어두워진 하늘을 봐

별을 따려하지 마
찾지 못하게 될 꿈들이
땅 위를 뒹구는 걸 봐

이제 별을 따려하지 말고
바라보며 발돋움할 시간
꿈은 환한 땅이 아니라
어두운 하늘에서 빛나니

우리 별은 따려하지 말자

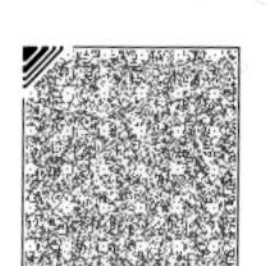

반

잘리는 게 싫다
완전한 네모 완전한 세모
그리고 동그라미로 살고 싶다

귀퉁이 한 조각 없다는 건
빼앗기는 것
넘겨주는 것
그러다간 무엇이 남지

채워야 할 반
채워지지 않는 반
매일 비워진 반을 위해
살아야 하기에

반 주기 싫고
반 남기도 싫은
늘 모자란 날이다

마음

네모라면 귀퉁이까지
세모라면 세 꼭짓점까지
둥글다면 360도 뱅뱅이

그래도 남은 발자국
자취조차 찾을 수 없다

나부끼는 바람 속을 헤매고 있는가

인연

한 모둠의 사람 떠난다

관계의 매듭 너무 꽁꽁 묶어
용서치 못한 마음 한 자락
길게 그어진 생채기
용서할 걸 그랬나
끈적이는 더위는 관계를 밀어냈다

기어이 아리다

기도

어디다 손을 모을까
먼 하늘 바라보며
같은 자리 몇 시간 째

어디다 무릎 꿇을까
가시 같은 세상
내려다보며 또 몇 날

어디다 말해야 할까
붙어버린 입술 잃어버린 말
또박또박 배우며 또 몇 달

두 손을 모아 무릎 꿇고
두서없이 그냥 뱉고 싶은 말
살려 주세요 살고 싶어요

보수가 보수

보수는
옛것을 지키는 것이 아니라
옛것을 고쳐 써야 하는 것

보수는
일한 만큼 주는 게 아니라
일 안 한 만큼 주지 않는 것

보수가 보수가 아니요
보수는 또한 보수가 아니니
우리는 보수가 없다

개의 피는 붉다

뜨거운 열에 익어
그 피 붉어진 걸까
초복 중복 말복
개 이름인지
더위 이름인지

개는
오라는 대로 와
죽는 줄 모르고
더위 한 줌 먹고
배 깐 자리가 제일 시원하다

네 발이 있으되
편히 많이
걸어 본 일 없는
그저 서서 자기도
마다치 않던 날들

개의 피가 붉다는 건
죽어서야 아는
사람과 같이
개의 피는 붉더라
따뜻한 붉은빛이더라

벽을 대하다

숨지 말고 나오라고
손톱 닳아 없어지게
벽을 파고 파고
두드리고

물러나지도
넘어오지도 않는
벽은 그림자도 남기지 않고
제 속을 숨겨

바라보면 답답하고
등 기대야 편안한
마주 보고는 소통 안 되는
벽 할퀸다

내 손가락이 할퀴는데
멀쩡한 벽 앞에
손톱 끝 빨간 단어들이 콕 콕
콕 콕

개 짖는 소리

개도 말을 한다
자기 말로
알아듣지 못하는
사람에게
온 힘을 다해
몸 날려 격렬하게

사람은 말을 막는다
제 할 말만 하고
사람의 눈 보지 않는다
그저 제 말만

몰랐다고 한다
못 들었다고
보지 못했다고
개보다 솔직하지 않은
사람은 말을 말아라

개 짖는 소리
더 아름다우니

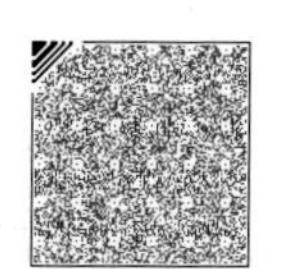

좋음

걍 좋은 거지
이유가 있나
걍 좋은 거지
뭘 물어
걍 좋은 거지
말해 뭐해
걍 좋은 거지
내 얼굴을 봐
걍 좋은 거지
하 할 ㅎ ㅎ
걍 좋은 거지
어쩌라고
걍 좋은 거지
뭐 표정관리?
걍 놔둬
좋으면 자정능력도 생겨

의문부호

왜 그랬느냐고
왜 그렇게까지 해야 했느냐고
그저 지나기에 손 흔들던 것뿐
그저 친구에게 가던 길

풀섶이 흔들리며 삶이 갈리던
그 길엔 같은 바람이 부는데
그날 거기서 왜 그랬느냐고
물어도 물어도
말없음표

시간 지나는 길에도
노오란 의문부호 주렁주렁
두드리는 대문 앞에는
말없음표

누구에게 물어야 하나
말없음표 말없음표 무한궤도

코끼리 그리기

국방 보안 문제로 압수수색 불허
대통령 기밀 사항 압수수색 불허
상상만으로
무엇이 있기에 어디에 있기에
밤마다 화면 가득 그렸다

어디에 있을 거라고
누군가 숨겼을 거라고
어느 누구의 머릿속을 뒤지는
상상은 새날마다 그림지도를 채워

어제 삼백 건
오늘 천육백 건
어디에 그려두었기에
찾으려던 헛손질 비웃어
우리는 다시 그린다
코끼리 다리 코 그리고
상아

내일이면 확실한 코끼리 볼까
즐거운 꿈으로 밤을 채운다

벽 창

빼꼼 아침마다 아니 순간순간
얼굴 내미는 구멍
숨으려 해도 찾아내
오늘도 난 들켰다

빈틈없이 들어찬 어둠
좋아 좋아 나를 묻노라면
한 구멍 두 구멍 비죽비죽
타고 들어와 빛 무리

더는 숨을 수 없어
휘적휘적 기어 나오는 틈
손가락 하나에도 기이인
자욱을 따라 문을 만든다
밤낮없이

꿈

길 잃은 자리
열린 꿈길이 되고
조인 마음 열 때마다
열린 길 첫날
매일이 끝날 같던
오늘이 이어진 길
매양 쥔 손
바다보다 짜다

기어이 올라온
바닷속 꿈
찾아야 할 그날
드디어 천일 넘어
가만히 손잡으러 온다
기어이 가슴에 안기러 온다
노오란 리본 길
훠이 훠이 바람 저어 온다

꽃불

꽃의 바다 불의 들판
거친 숨소리 파도로 출렁
경기하는 지면이 잠들 수 없는 날
길 잃은 발길들 차도를 메워

가슴 깊숙한 소리
하늘에 꽉 차
하늘 땅 사람의 맘속
꽃그림 가득한 불의 바다 거닐다

법으로 그린 줄
마음으로 그린 선
가득한 꽃그림 꽃불의 바다
마음을 넘나드는 파도의 높이
오늘 밤도 경계 잊은
월담 놀이판

내가 가는 길

발밑은 늘 조심스러워
누군가의 앞을 막을까
내 발이 누군가의 발을 걸까
마음은 늘 반보씩만 앞서고
반보씩만 뒤서려 애쓴

스치고 비낀 인연들아
내가 앞섰거든 미안하고
뒤처져 힘들었거든 잊어다오
반성문 한 줄

내 길은 이제
앞서가는 걸 굳이 따라가
잡아 세워야 하고
더는 앞서지 못하게 막고 싶은 날
이제 등 시린 중앙선 위에 선다

길 잃은 마음들과 함께

깃발은 어데 두고

깃발은 세우지 말라했다
착착 접어 두었던
그날이 숨 쉬는 날
깃대는 아예 세우지 말라했다
누군지 모르게
아무도 모르게
묻어 묻어 서로 얼굴 부비던 날
깃대 세우지 않아도
가슴팍 깊은 속에서 꺼이꺼이
깃대 대신 울어 줄 거라
깃발은 아예 세우지 말라 했다

빈 손

손이 비어 있어야
남의 손을 잡아줄 수 있다
늘 손에 뭘 쥐고
놓지 않으려 애쓰는
손이 앞뒤로 분주하다
빈손 되어라

손이 비어야
남의 손을 잡고 일어설 수 있다
엎드린 채 두 손은 땅만 짚고
얼굴도 들지 않으니
곁에 내미는 손 볼 수 없어
빈손 되어라

빈손으로 남의 짐 들어주고
손 내밀어 먼저 인사할 수도 있는
비어있어 정말 좋은
빈손 되어라
손뼉 치며 웃을 수 있게

광장 만평

봄볕에 그늘이 많아
꽃눈 뜨기 어려워
밤마다 불 밝혀 기도하는 맘
손잡은 정성 광장 가득

꺼진다던 불빛
달력을 넘나들며 달빛도 머금다
참한 날들이 광장 하늘
사람 마음 가득

비워두었던 광장
갈라진 마음들이 들어차
시대의 한 컷 앞에
몸을 얼리다

아침 저녁 또 내일
진심을 바라는 마음들
비워진 광장 한구석
떨어진 아윈 결심 주워 담는다

비를 맞다

비가 때린다
맞아야 할 건 나
그런데 우산이 대신
맞고 맞는다
두둑 두두둑

어쩌면
그동안 나 대신 맞은 것
책임진 것이
우산뿐이랴

오늘은
우산을 걷고 비를 맞는다
온전히 나를 때린다
두둑 두두둑

하늘을 담는 그릇

그저 한 번 감았을 뿐
눈 안에 들어온 하늘은 선물
떴을 때 찰랑이던 푸른 비늘
스치는 색마다 계절을 그려
심장 깊숙이 들어오는 세월

좁은 하늘 받아 낸 시야
커지는 회오리로 자라는 흰 갈기
너와 내가 다르지 않음은
네 눈 속에 드리운 하늘도
눈감고 보았던 내 마음

하늘 넓다고 하지 마라
그저 내 눈 안에 숨어든
푸른 결 흰 자락 동그라미
우리가 함께 나눈 한 조각인걸
언제든 뒤에 오는 이에게도
차례가 돌아가는 화수분

너는 하늘을 담는 그릇

그리하여 그들은

분노는 저들에게만 향할 줄 알았다
손등 위 눈물이 날로 짜지고 찐득여
손등과 턱이 맞닿아 붙는 줄 모르고
날을 새며 밤을 겨누며 울어도
바뀌지 않는 가슴을 향한 날은
보는 것으로 아리고 쓰리다

손바닥이 위아래가 있는 건
뒤집으라고 있는 게 아닐진대
말 뒤집을 때처럼 손쉽고
가볍게 홀딱 거린다
잡았던 손 애써 떼어내고 돌아서는
뒷모습 버려진 이들이 오히려
안쓰러이 바라보며
내 그럴 줄 알았다

그리하여 그들은 오늘
수요일을 기다리고
믿었던 마음 애써 태연히
거두려는데
오늘 허무한 손 하나 또 떠나
그리하여 그들은
남은 손이 적다

그가 본 날

놀람을 누르고 셧터를 누른 손
누구를 위한 발길이었을까
오지 않아도 될 길
기어이 다가와 이야기 들어준
그날 그가 본 봄은 무엇이기에
오래오래 잊지 못하다
그들 곁으로 돌아왔을까

꽃피던 봄
꽃 지던 거리를 누비며
우리를 대신해준 손가락의 힘
두려움을 바꾼 그 용기
누구를 위한 것이기에
그들의 곁에 와 묻혔을까

묻지 않아도 진실을 말하는 이
아무리 물어도 진실을 감추는 자
더운 여름을 더 덥게 달군다

말의 온도

4부
그때 백마에 가고 싶다

그때 백마에 가고 싶다

그때 백마엔 부르지 못할
노래가 흐르고
쉬지 못한 날숨에 억새빛
누우런 썩은 사과 촛불
내 용기처럼 흔들리던
그때 백마에 가던 날

길 잃은 아이가 되어
철길에 머물던 젊은 얼굴엔
다물어버린 진실이 안타까이
숨어 곁눈질로 기우는
석양을 보는 그때 백마엔
서울의 금지어가 술렁거렸던

늘어가던 주전자 빛도 검어지던
그래도 백마를 뜨지 않던 사람들
막차의 알림을 듣고서야
일으키던 엉덩이는 모두 묵직한
미안함 한 줌씩 매달고 가는
그때 백마에 가고 싶다

내 갚지 못한 역사의 부채
생각날 때 그때
백마에 가고 싶다

창 너머 그 남자

어이 가슈 어이 가
내가 나중에 갈 테니
우리 딸 오기 전에

왜 또 왔수
난 돈 없다니까
내 아들 둘이 먼저 갔잖우

나두 불쌍한 사람이우
아들 둘이나 먼저 가구
딸네 집에서 사둔 눈치보구

나 왜 병원에 또 가니
어젯밤에도 그 남자가 와서
먼저 가라고 했는데
내 돈 좀 갖고 있어라
그 남자가 돈을 달래

엄마의 그 남자
엄마를 잠 못 들게 하고
밖으로 불러내 헤매게 하는

창 너머의 그는 누구인가

첫발

마음은 한 걸음 뒤에서
발을 따라갔다
두려움은 뒤에서 슬쩍
호기심을 따라갔다

반보씩 뒤에서
마음만 믿고 비척거려
만 보 이만 보
발자국은 여기저기
디딘 자리 흔적 남기고

꿈으로 남은 길
사진 속 발아래 길이 있다
늘 처음일 때 더 비척이는
그러나 언제나 처음인 길 디딤

다닥한 발치를 따란 간 길
첫발 첫발 하며 걷는다

달이 지는 시간

늘 어긋나기만 했다
기다리다 기다리다
잠깐 머리 기댄 사이
내려다보는 해
헤어지잔 말도 못 한 달

머리 위로 오르던 달을 보며
오늘은 기어이
내가 보내고 자야지 했다
내 밤을 훔쳐보는 달의 눈
커튼을 치고 손바닥으로
노트를 가리는 시간
섬유 직조 사이로 피부를 파고드는
침입자의 불법 촬영
오늘은 기어이 잡아
보내야지 보내야지 그리고 자자

달이 지는 시간
나는 또 잔다
일상을 도둑맞은 채

물울음

아마 그 밤이었을 거야
넓었던 마당 장지문 좁은 창 안에
가뒀던 밤
하얀 달빛 내린 마을 점점이 박힌 흰 눈
마실 간 할머니 발자국도 지웠던 밤
잠들지 않은 이들에게만 들리던 울음
겨울밤은 길기만 했다

그쯤이었을 거야
마을에 흉흉한 이야기
밤마다 사람을 불러내 물가로 부른다던
잠들지 못하던 내 귀에도 들리던
울음은 밤을 가르며 계속되고
소방울도 무서운지 따라 울던 밤
겨울밤은 길기만 했다

그날이었을 거야
진혼굿이 한창이던 낮
밤에만 들리는 줄 알았던 울음
그 물울음이 들리는 것을
세월을 키워 봄 만드는 줄 모르고

두려움 키우던 그 소리는
얼음 밑 물 흐르는 소리라는 걸
겨울밤은 길기만 했다

이젠 두렵지 않은 한밤의 물울음
그 밤 그 자리가 지쳐서였을 거야
아이 기다림에 기인 고드름 열리던

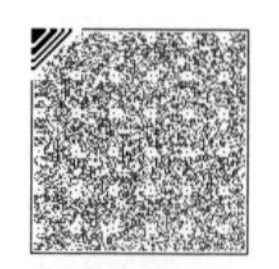

바위 위에서 서서

버킷리스트
뛰어내리기 한 번
삶은 버킷리스트

발밑의 바위
울부짖는 소리 빠지직
발은 더듬더듬

주저흔 만드는 건
바위도 못 믿고
저 아래 땅도 못 믿고
그리고 나도 못 믿고

바위 닳고 닳을 때까지
난 거기 서서
또 거기 서서

서다

7호선 라인을 타는 환승 점
한 번의 선택은
7호선 철길 벗어나
더 멀리 벗어난다

다시 환승할 곳을 찾아
도돌이 하는 발길
5호선 라인에서 3호선
아 더 멀어진다

그에게서 난 얼마나 멀리
와 있나
벗어난 라인이 엉켜
뇌세포 찌그러지고

원래 자리로 돌아가는 것조차
잊고 그저
라인 바꾸는 땅 속
난 얼마나 여기 서있나

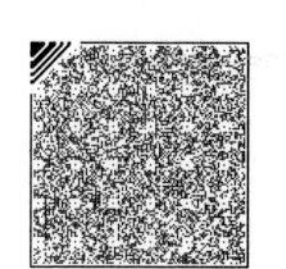

이사

이사 가는 날
몸보다 먼저 떠난 마음자리
쓸고 닦고 쓸고 닦고
갈무리하느라
몸은 추억도 잊었다

가는 곳마다
찾아지는 여기라 좋은 점
나날이 갉아먹히는 좋은 점
손톱만큼 남으면
이사 날짜 잡히고

단점만큼 늘어난
버려야 할 것들
그동안 시간마저
한 차 실어 보내면
이사 가는 날

마음에야 늘 내 집 한 칸
꿈마다 늘이고 줄이고
이사 갈 일 없이
오늘을 살고
이사 가는 등을 떠민다

옆자리

버스 옆자리
불편한 시선 창에 머물고
거울처럼 나를 보다
머문 시선에 비친 얼굴
불빛에 비친 볼
조롱조롱 빛을 내는 눈물

앙다문 입술에 일그러진 낯
어떤 일이기에
자리를 넘어 느껴지는 진동
그러나 난 아무것도
할 수 없다
옆자리에서

그저 건너다 뵈는
버스 창에 시선 두었다 떼었다
시간은 슬픔을 전염시켰다
슬픔의 전염성은 독감보다 강하다
아무것도 해줄 수 없으면서
누구라도

접시

혼자 있지 않으면
좀처럼 조용하지 않은
왈그락달그락
도대체 누구와 싸우나
곁에만 다가가도 달그락
옷깃만 스쳐도 왈그락

차라리 떠나야겠다

지팡이

누구에게나 하나씩
지팡이는 있다
두드려 길을 찾거나
의지해 앞을 가거나
한 손에 의지한 지팡이
삶의 나침반

일상의 어느 한 줄
녹녹지 않을 때
의지할 무엇이 되어주는
인생길 빈 의자

그런데
그 지팡이에도 차등이 있어
앞길에도 차이를 주는 걸
앞만 보고 걷느라
알지 못했다

지팡이도 계급장이 있구나

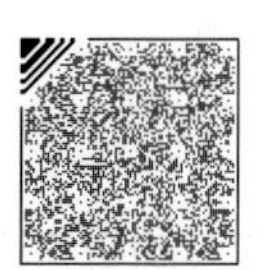

빈 길

바람이 지운 발자국
숱하게 걸렸던 남루한 사연
새부리에 쪼여 흔적 없는
빈 길

고요를 찾은 바람
호젓한 휘파람에
나뭇가지 춤추는
빈 길

새잎 나고 지는 날
길도 사라지고 새길 생기는
그림자 짙어 세월 묻는
빈 길

먼 데 굴뚝
간헐적 연기 안쓰런 건
살아내는 날 오늘이 끝일까
빈 길에서

주인 된 새들이
날지 않고 걷는 길
다리 건너 새길 부럽지 않은
빈 길

지천명

늘 무언가를 담기 위해 애쓰기를
휘어지는 해거름에도 쉬지 않고
남아도는 햇빛 없나 눈 빨갛게
동분서주 달려도 맘은 아팠다

그다지 자랑할 것 없는 마음도
더 담으려고만 애쓰던 건
살아온 날에 대한 보상인지
그때는 손 터는 법을 몰랐다

그득 찰 것만 같던
그래서 더 담을 곳간을 찾던 날들
이제 털어내는 법을 알아가는 숙제장
남은 숙제를 하기 위해
곳간 대신 헛간이 필요함을
이마를 치는 놀람으로 깨닫는다

재만 남게 될 헛간을 지어야지

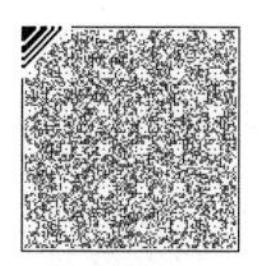

해진 기억

우리는 같은 날 같은 곳에서
만나고 해어짐을 반복 반복
하지만 내 기억 속 만남은
그의 뒷모습
그의 기억 속 나는
멀리서 다가오는 앞모습

난 악수한 손을 보고
그는 내 윗옷 단추 색을 보고
멀어지는 발소리를 담고
난 그의 안녕을 기억하나니

훗날
어느 기억의 공통을 볼까
같은 날 같은 곳 그러나
누구와 기억을 나눈 건지
잊고 잊고 또 시간의 갈피를 뒤지며
머리를 저을까

기억은 모이지 않고 해어진다

길은 묻는게 아니다

길을 묻지 마라
길은 묻는 게 아니다
길은 찾아야 한다
누군가 길을 묻거든
어설픈 입담으로 방향을 가리켜
훗날 후회를 만들지 말고
길은 찾아가라 해야 할 일

길은 찾아가야 할 일
그래 길 묻는 이 있거든
손 잡아 등 두드려 주고
이마에 땀 훔쳐 주고
더는 말없이 웃어주어라

길은 묻는 게 아니라
찾아가야 한다고
떠나는 이 등에 말할 일이다

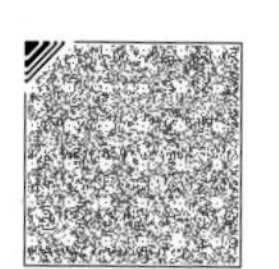

고무신

내 고무신은 남자였다

연한 연둣빛에 흰 선이 그려진
내 고무신은 남자였다
아들바라기 할아버지
여자 물건은 눈에 들어오지 않아
장날 할아버지 손을 그리워하지 않는
남자아이 고무신은 늘 마루 끝에
엎드린 자존심처럼 엎어져 있다
엄마가 사준 흰 줄 세 개가 그려진
빨간 운동화
내 눈은 동생 빨간 에나멜 구두에
에나멜 구두는 여고 입학식에서

연둣빛 고무신의 주인은 여자였다

짐꾼

여보게 가슴이 헐렁거리지 않나
종묘 앞 돌 의자에 앉는다
쌈질하는 노인에 밀려 짬을 잃고 말았지
담배 값은 아끼지 않고 살았는데
소주 값에 더 손이 가는 시간도 헐렁
주위는 할 말이 많아 내 말은 안 듣고
지난 40여 년은 뉘와 나눌까
이제 아무도 짐을 나누려 하지 않는
세상의 줄에 밀려나고
섞을 말 없어 밀려나는
나 닮은 사람들 등에 짐은
여전히 지나는데 그들도
말없이 말이 없다
등짐 진 이들 행렬에 헐렁한 바람
미화원도 비켜간다 함께 쓰러지기
싫어 싫어
인파의 섬이 된다
말을 들어줄 사람
담배 나누어 피울 사람
내 허름한 오후 시간을 쪼갤 사람

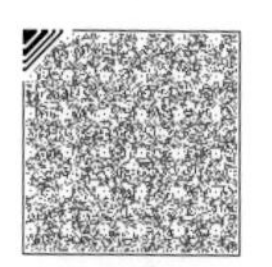

정부미 떡

가난은 부끄러워해야만 했다
남산 밑 복사꽃 흐드러지는 집
한숨은 꽃잎처럼
걱정은 구름처럼 함께하던
그래도 해 먹고 싶다 떡

시골 큰댁에 간 엄마 아빠
돌아오는 손엔 아무것도 없다
늘 따라오던 엄마의 잔소리
떡 한 조각 주면 어디가 덧나느냐
명절 저녁은 더욱 조용해지는 집

뉴스가 떠들어대던
정부미로 떡 해 먹어도 맛있다
화면 가득 침을 바르고
엄마 정부미 떡도 맛있대
그리하여 처음 고소한 떡 냄새
하얀빛 떡들이 수북한 마루 끝

뒷집 친구에게도 몇 개
늘 사과를 주시던 앞집도 한 접시
달처럼 배부른 시간이 간다

아깝게 아주 아깝게
그리고 떡은 흰색을 잃는다
주황빛으로 회색빛 떡

가난은 부끄러우라고 했다
전날 주었던 이웃의 떡
다 가져오고 싶다고
엄마는 다시 떡을 하지 않았다
쪼끔 아주 쪼끔 사다 주었다

무지갯빛 떡집 앞에서
내 얼굴은 정부미 떡 빛
가난한 기억을 한 되 섞어
추억을 빚어 본다

회상

전화기 저 편 소리에 끌려
전철역 출구에 앉아
지나간 시간 속 그날을 본다

지난 삶 마지막 말은
미안하다 고마웠다
내 입술은 몇 번이나 해 본 말일까

파랗게 멍들어가는 하늘
내 가슴속 아빠의 모습
오신 날과 가신 날 한 달에 두고

초침처럼 일상이 된 아빠의 부제
생신에 제사에 와주신다면
팔이라도 잡고
아빠 행복해?
아빠 행복해?

백도

돈은 주머니 속에서 여름을 나고
발길은 백도 앞에서 물끄러미
달달한 끈적임이 떠오르는 날
짜디짠 끈적임은 볼을 타고

훌훌 벗겨낸 그리움 속
하얀 속살 드러낸 그날
오래 곁을 지켜주고 싶어 했던
그분의 약속은 귓가를 맴돌고

좋아하지 않던 백도
한 상자 품에 안고 돌아와
설렘에 껍질 훌훌 벗겨보지만
맛나게 드시던 아빠는 없고
끈적한 단맛에 짠 눈물 떨어져

여름은 백도와 함께 간다

별의 별

별꼴은 같은 줄 알았지
1학년 도화지에 그리던
그 별이 다인 줄

선 이으면 한 번에 완성되는
그게 별인 줄 알았지
별 모양
그래도 내가 알던 대로
믿던 대로 별이 살아 있기를

별의 별
그자리에 그대로 있어줘
솔직함이 힘겨운 건
자꾸 작아지는 희망 때문

하늘에 보이는 별 별
그렇게 별의 별로 있어 줘

병상에서

그이 눈길 따라가
점에 머물면
삶 어느 순간에 앉아
상처 만지작만지작

링거처럼 매달려
좀처럼 떨어지지 않은 기침
순간순간 바늘보다 따가운
내가 왜 왜 내게
검은 창 속에 그이가 운다

밥처럼 먹는 약
약처럼 먹어야 하는 밥 밥
흔들리는 마음
흔들리는 시선
병상의 시계는 느릿한 텀

자는 줄 알았던 이 또 일어난다

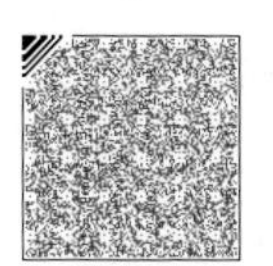

메타포(metaphor)로 찾아가는 시인의 마음

문기봉(시인, 소설가)

시는 메타포다. 메타포는 서로 상호 관련이 없거나 대상의 특성이 다른 어떤 것을 간접적이며 암시적인 언어로 표현하는 것을 말한다. 메타포는 일상에서 만나는 사물과 우리의 기억 속에 있는 어떤 이미지를 연결하여 표현한다. 전용숙 시인을 보면 참으로 은유적인 시인이다는 생각이 든다. 시인의 두 번째 시집 『말의 온도』에는 메타포가 가득하다. 시인의 다양한 경험들이 메타포로 녹아있다. 시인이 풀어놓은 메타포를 통해 우리는 시인의 성숙한 삶의 면면들을 생각하면서 공감한다. 시를 쓰는 사람은 그냥 시적이다. 시인은 무언가를 언어 속에 감추고 쉽게 보여주지 않는다. 에둘러 곱씹은 시의 언어를 천천히 읽으면서 찾아내야 한다. 조용히 시를 음미하다 보면 시인이 시인만의 언어로 표현한 메타포를 읽을 수 있다. 시인의 메타포를 찾아냈을 때 독자는 시 속에 숨어 있는 시인의 마음을 읽을 수 있다.

전용숙 시인은 첫 시집 『날』에서 "숨어 있어도 찾아내는/ 술래처럼/ 종이 앞에 잡혔던 날들/ 시는 나와 함께/ 살았다"고 술회한 바 있었다. 전용숙 시인은 시와 함께 울고 웃는 시인이다. 기쁜 일이나 슬픈 일에도 시와 함께 삶을 살아가는 사람이다. 필자가 지켜본 바에 의하면 시작(詩作)을 게을리하지 않는 시인이다. 보면 볼수록 천상에 시를 쓸 수밖에 없는 사람이라는 생각을 하곤 하는 이유다. 첫 시집을 펴낸 지 팔 년, 그러니까 언 십여 년의 시간이 흘렀다. 첫 시집의 '첫' 이라는 접두사가 가슴을 뛰게 하듯 전용숙 시인의 상기된 얼굴이 아직도 선명하다. 첫 시집 『날』이 시간적인 의미와 날카롭게 날이 선 칼(刀)의 이미지를 연상시키며 외연적으로 차가운 느낌을 주었다면, 수년 만에 펴낸 두 번째 시집 『말의 온도』는 내면적으로 성숙한 시인의 모습이 느껴진다. 또한 시인이 평소에 보여준 따뜻한 품성이 그대로 느껴진다.

시인이 메타포로 표현한 언어는 부드럽지도 친절하지도 않다. 몇몇 시어들은 딱딱하며 건조하다. 그러나 자세히 들여다보면 그 속은 한없이 부드럽고 말랑말랑하다. 시집 『말의 온도』는 농익은 사랑 이야기처럼 따뜻하다. 시인이 내뿜는 지극한 배려와 따뜻한 온기가 곳곳에 스며 있다. 이처럼 두 번째 시집 『말의 온도』에서 시인의 시선은 새로운 세계의 따뜻함으로 옮겨가고 있다. 그러기에 생명이 있는 시, 영혼이 있는 시의 본령을 찾고 있다. 시인이 찾아낸 자연의 삼라만상은 따뜻하지 않은 것이 없다. 한겨울에 내리는 눈조차 "손바닥 위에서 춤을 추고" 있다. "차가운 얼음에 부딪혀도 아파하지 않는" 다. 시인의 일상을 포착하고 가감 없이 보여주고 있다. 시인이 직접 자연을 찾아 길을 떠난 여정이 펼쳐져 있다. 자연을 만나 온갖 풍경과 어울리면서 가슴을 활짝 열고 우주의 모든 존재와 이야기를 주고받는다. 생명체와 생명체 아닌 사물과도 자연스럽게 교감하고 있다. 시인의 시에는 별, 꽃, 섬, 새, 아침, 달, 길, 바람, 햇살 등 우주의 온갖 사물들이 넘쳐난다.

시인이 가져온 소재들은 이처럼 일상에서 흔히 접할 수 있는 것들이다. 이런 일상적 소재에 시인은 창조적인

메타포로 기존의 가치를 새롭게 해석하면서 현상들에 의미를 부여하고 있다. 우리는 시인의 메타포를 읽을 때 감동과 깨달음을 함께 느낄 수 있다. 시인의 진실을, 시인이 초월하고 있는 그 무엇에 공감하는 것이다. 시는 결코 말장난이 아니다. 쉽게 쓰는 시는 없다. 치열한 시적 탐구가 있고 시적 성찰을 위한 인고의 시간이 있다. 전용숙 시인의 두 번째 시집 『말의 온도』는 시인의 깊은 깨달음과 따뜻한 심연 저 깊은 곳에서 우러나오는 진실의 언어다. 소리 없이 밀려오는 잔잔한 메타포다.

세상이 눈이 되었다
나도 눈이 되어야겠다
딱딱한 것만을 좋아하는 이들
거품처럼 가볍고
아무리 크게 만들고 쌓아도
한 방울 물그림으로 끝나는
나 눈이 되어야겠다

손바닥 위 한 송이
눈 · 꽃
사라질까 얼굴도 가까이할 수 없어
나도 누군가의 눈이 된다면
그도 나를 이리 보아줄까
접지 못하는 손바닥 위에서
눈 · 꽃이 춤을 춘다
점, 그 하나로 마음에만 남는
나도 눈이 되어야겠다

좁혀진 보폭들이 딱딱하게 만들어도
오래지 않아 흩어져
역시 눈 · 꽃 · 점으로
온통 인어공주가 되어야 끝나는

눈의 나라

꽃의 나라
점의 나라
나도 눈이 되어야겠다

-「눈·꽃·점」 전문

「눈·꽃·점」은 세상이 눈이 되었고 그 눈이 꽃이 된 세상을 보면서 시인은 자신도 눈이 되어야겠다고 생각한다. 내적 대상과 외적 대상을 동일시하는 행위는 외적 정체성을 차용하여 자신의 정체성에 융합시킴으로써 자신 또는 뭔가를 지키려고 하는 것이다. 시인은 눈과 꽃을 자신과 동일시하는 상상력을 통해 인간에 대한 새로운 이해를 시도하고 있다. 시인은 눈(雪)의 속성을 통해 시인이 꿈꾸는 간절한 소망을 표현하고 있다.

새하얀 눈이 오는 날 누구나 한 번쯤은 시인이 그리는 세상을 상상해 본 적이 있을 것이다. 눈이 꽃이 되고, 눈꽃이 되어 자유롭게 춤을 추는 세상에는 딱딱한 마음을 가진 사람들도 한없이 부드러워진다. 시인은 그러한 세상을 기대하고 있다. 시인은 눈이 쌓인 광경을 보면서 자신도 눈이 되어야겠다고 생각한다. 눈(雪)과 꽃과 자신을 동일시하는 행위는 일종의 심리적 과정이다. 시인이 내면적으로 눈이 되고 싶어 하는 이유는 세상의 부질없는 무언가를 쌓아 놓지 않고 언제든 한 방울의 물이 되어 자연으로 돌아가기를 희망하는 것이다. 세상 사람들이 욕심을 마음껏 부리며 쌓아 놓은 것들은 한 순간 눈처럼 녹는다는 것을 시인은 알고 있다. 눈꽃이 작은 점 하나이겠지만, 시인은 눈이 되고 싶다. 동화 속의 인어공주가 있는 눈의 나라에서, 눈·꽃의 나라에서 작은 점으로 살고 싶다. 시인은 거기에서 머물지 않는다. 직접 누군가의 눈이 되어 누군가에게 눈꽃을 뿌려주고 싶다. 행복한 사람들이 사는 세상을 시인은 꿈꾸고 있는 것이다.

가슴으로 내려와
녹는 줄 모르고
허공에 대고 외치는 소리

손을 내려 감싸 안으면
오롯이 느낄 수 있을 텐데
먼 하늘 바라보며 외치는

옆을 보면 흰 자태 볼 수 있을 것을
어쩌자고 먼 곳 바라봐
정작 녹아내린 눈만 받아 안는가

눈은 저렇게 허공에서 반짝이는데

-「눈 내리는 날」 전문

시인은 눈 내리는 광경을 보고 생각에 잠겨 있다. 눈이 허공에 외치는 소리를 듣고 사유하고 있다. 앞의 「눈. 꽃. 점」의 연장선에 있는 시이기도 하다. 시는 은유이면서 중의적이다. 시인은 눈이 내리는 날 누군가 감싸 안지 못한 일을 허공에서 외치는 소리로 듣고 있다. 눈이 소리를 내는 것이다. 시인의 은유는 눈을 의인화시키기까지 한다. 한순간에 녹을 수 있는 눈을 사유하면서 어떤 안타까웠던 일을 상기하고 있다.

허공에 외치는 눈(雪)의 소리를 들을 수 있다면 그것 또한 각자의 상황에 따라 다를 것이다. 지금 내가 외롭다면 외롭다고 눈은 외칠 것이고, 지금 내 마음이 괴롭다면 괴롭다는 눈의 울음소리를 들을 것이고, 지금 누군가를 미워하거나 원망하는 상황이라면 화를 쏟아내는 거친 아우성으로 들릴 것이다. 시인은 공중에서 내려와 손바닥에 눈을 받으면 손의 온기에 의해 녹아버리는 눈을 생각한다. 바로 그 지점에서 우리는 고민한다. 선뜻 손을 내밀지 못하는 게 사람이다. 손만 내밀면 모든 게 눈 녹듯 풀어질 텐데 말이다. 시인은 혼자 마음에 담아두고 풀지 못하는 누군가를 생각하고 있다. 그 누군가는 친구일 수도 내 가족일 수도 있겠다. 누군가에게 다가가지 못하는 사연이 있다면 먼 곳을 바라보지 말고 바로 옆에 있는 나에게 말하라고도 한다. 말은 말하지 못할 때 허공에 날리는 눈(雪)이다. 진실을 말하는 건 쉽지 않다. 내 말을 들어줄 사람, 상대방의 말에 귀 기울여 주는 사람을 만나기 힘든 세상이다. 내 말을 진지하게 들어줄 사람이 옆에 있다면 참으로 행복할 것이다.

눈 내리는 날에는
부끄러웠다

내 발자국에
흠이 생겨 흉해지는 눈
어깨 위에서 속절없이
녹아내려
뜨거운 심장을
부끄럽게 만드는

난 눈에게 상처를 주었다

정작 눈의
아름다움에 치여
상처받는 건 내
가슴인 줄 모르고

-『상처』 전문

「상처」에도 눈이 등장하고 있다. 눈(雪)은 시인이 좋아하는 사물이기도 하겠지만, 시인은 눈을 바라보며 사유하기를 즐기고 있는 것이다. 어쩌면 시인의 마음이 눈(雪)과 닮아

있는지도 모르겠다. 눈은 깨끗하다. 세상 무엇보다도 깨끗하다. 우린 어떤 깨끗 앞에서 그 깨끗함에 대하여 생각한다. 그 깨끗한 캔버스 위에 어떤 그림을 그릴지 어떤 글씨를 적을지 생각한다. 혹여 내가 그린 그림이나 글씨가 부끄럽지는 않은가 고민하고 있다.

"죽는 날까지/ 하늘을 우러러/ 한 점 부끄럼 없기를" 갈망한 시인이 있었다. 부끄러움은 깨끗함의 반대다. 얼룩지지 않은 깨끗함을 보면서 내 삶에 부끄러움은 없는지 깊은 사유를 하는 시인이 있다. 저 깨끗한 캔버스를 더럽히지는 않았나 고민하는 시인이 전용숙 시인이다. 시인의 또 다른 고민은 누군가에게 '상처' 를 주지 않았는지에 있다. 살다 보면 나도 모르는 사이에 누군가에게 상처를 주고 그로 인해 자신도 마음의 '상처' 를 입는다. 누군가에게 주었던 상처, 누군가에게 예상치 못한 상처를 받았던 상처, 모든 상처는 아픈 통증을 동반한다. 그러므로 상처를 치유하지 않고 넘어간다면 그 상처는 걷잡을 수 없이 중증으로 번진다. 그야말로 우울의 바다로 빠질 수 있다.

프로이트의 정신분석학 이론에 '투사' 라는 개념이 있다. '투사' 는 자기 내면에서 용납할 수 없는 부정적인 평가를 일방적으로 외부에 던져버리는 일종의 방어기제이다. 누군가에게 자신의 감정을 좋지 않은 방법으로 공격한 실수를 범해 상처를 주었다면 시간이 흐른 후 대부분은 후회가 찾아온다. 후회는 상처다. 자신을 받아들이고 참회를 허용함으로써 치유할 수 있다. 시인은 눈 내리는 날 치유의 시간을 갖는 것은 스스로 부끄러움의 치유를 위해서이다. 타인의 상처도 나의 상처도 치유하는 시간은 눈 내리는 날이 적격이다.

> 난 꽃이어라
> 길 가장자리 엎드려
> 겨우내 삶 얼었다 녹여낸

강건한 뿌리의 꽃
피어날 날 꿈꾸는

그대 꽃이어라
먼 하늘 구름으로 피어
바람처럼 떠다닐
만남을 기다리는
날

봄 오고
나 그대 꽃 피어
길 가득 피워내면
파란 다리 위에 역사 걸으니
꽃잎 날리는 길
한 컷 한 컷 담아지리다

-「꽃길」 전문

시(詩)의 소재로 꽃처럼 시인의 뮤즈를 불러내는 것도 드물다. 꽃은 그 색깔과 모양도 다양하지만, 뿜어내는 향기 또한 각기 고유하다. 그리하여 꽃을 통한 상상력을 시인은 자신의 경험과 접목하여 메타포로 표현한다. 전용숙 시인은 '눈'과 더불어 '꽃'에 대한 사유도 많이 하는 시인이다. 시집 1부에는 '꽃길' 외에도 '꽃물', '능소화', '동백', '수선화', '종이꽃', '여름꽃' 등의 제목과 시어들이 출연하고 있다. 실재하는 꽃도 있지만, 시인이 창조해 낸 꽃들도 있다. '꽃물', '여름꽃' 등이 그렇다. 이렇듯 시인의 메타포는 넘친다. 제목만 봐도 시인이 무엇을 말하고 싶은 것일까. 그 궁금증을 유발시키고 있다.

전용숙 시인은 「꽃길」에서 길 가장자리에 엎드려 겨울나기를 한 꽃에 천착하고 있다. 혹독한 겨울나기를 지낸 꽃이 피기를 고대하고 있으며, 꽃잎이 날리면 바람처럼 길을 나서고 싶다고 말하고 있다. 시인은 길가에 가득 꽃이 피어나면 꽃을 만나는 일이 즐겁다. 누군가를 만날 일은 더욱더 설레인다. 꽃피는 봄날에 우린 누군가 만나고 싶다. 사랑하는 연인을 아니더라도 겨울을 견뎌낸 튼실한 뿌리를 지닌 생명력과 만나고 싶다. 꽃 피는 봄날 까닭 없이 집을 나서고 싶은 것은 시인만의 마음이 아닐 것이다. 삶은 겨울을 견디고 다시 피어나는 꽃의 생명력처럼 고난의 연속이다. 매서운 바람과 추위를 견디고 피워내는 꽃과 우리네 삶은 별반 다르지 않은 것이다. 세상사와 상관없이 꽃은 피고 진다.

끝을 보아야 했다

끝이, 땅이 거기에 있다기에
갈린 마음 엮은 길 따라
다른 산
가르마 굽은 강길 따라
가는 길도 흙빛이 다르다

태초에 끝인 듯 엎드린 땅
바다도 끝인 양 따라 엎드렸다
사람들 말조차 바다를 닮고
땅끝을 닮은 얼굴들 붉다

토말석 앞에 서
시작을 보았다
돌아갈 곳의 시작
길은 거기서 시작되고 있었다

-「귀로」 전문

삶이 길이다. 길은 물리적인 의미로 사람이 다니는 통로다. 사람이 다니는 길도 있지만, 눈에 보이지 않는 추상적인 길도 있다. 내가 추구하는 길, 내가 가고 싶은 길, 새로 만들고 싶은 길도 있다.

길이 있다면 분명 길이 끝나는 지점도 있다. 길을 가다가 머무는 정착지도 있을 것이다. 길을 따라가다 보면 언제가 길 끝에 다다른다. 그 끝에서 길이 끝났다고 생각하는 사람도 있을 것이다.

그 길이 끝난 지점에서 다시 원래의 곳으로 회귀하는 사람도 있을 것이다.

인간은 원초에 노마드다. 한곳에 머물지 못하고 끊임없이 움직이며 살았다. 이동의 생체리듬을 보유하고 있는 것이다. 하이데거는 "존재의 목자"라고 했다. 목자의 이미지 즉 지킴이의 이미지와 다른 이미지가 노마드(nomade, 유목민)이다. 어떤 정해진 법칙에 구애받지 않고 바람처럼 구름처럼 이동하며 고정관념에서 해방하는 것이다. 노마드에 대해 사유했던 철학자 질 들뢰즈는 "노마드에게는 역사 없다"고 했다. 노마드는 정체성을 지켜주는 역사를 가지지 않으므로, 정체성 없는 익명의 힘으로 들이닥친다. 어쩌면 해묵은 정착민의 삶에 새로운 가치와 창조의 사건이 되기도 하는 것이다.

시인은 뭔가 끝을 보아야 할 일이 있었다. 그것이 땅끝이든 마음의 끝이든 물리적인 끝이든 심정적인 끝이든 끝맺을 일이 많은 것 또한 삶이다. 굽은 강 길을 따라 사람들 말조차 바다를 닮은 그곳에서 전용숙 시인은 납작 엎드린 땅과 함께 엎드린 바다를 만났다. 땅끝이라는 표지석 앞에서 시인은 결코 그곳이 끝이 아니라는 사실을 발견한다. 돌아가야 할 곳이 있기 때문이기도 하겠지만, 끝은 또 다른 시작이라는 것을 깨달은 것이다. 삶은 끝없는 길을 가는 여정이다. 끝은 존재하지 않는다. 걷는 과정만이 있다. 과정이 삶이다. 잠시 쉬었다가 다시 길을 떠나는 나그네다. 우리는 어쩌면 길을 걷는 동안만이 욕망을 충족하지 못하고 살아가는 삶의 괴로움이나 외로움에서 벗어날 수 있는 시간일지도 모른다.

> 가끔 바다도
> 혼자 있고 싶은가 보다

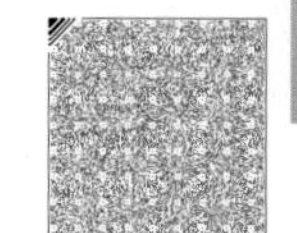

거추장스런 것
훌훌 털어버리고
홀로 있다
아니 운다
엉엉

태풍을 핑계로
꺼이꺼이
울음을 토하는
바다의 속내는 무얼까
누구 서러움 두었다
대신 차고 넘치면
후딱 토하는 울음
그럴 때 바다는
비어 있다
빈 바다

내 속앓이도 울어줄까
엉엉

-「빈 바다」 전문

「빈 바다」에서 시인은 바다와 자신을 일체 시키고 있다. 바다와 무언의 말을 하고 이야기를 하고 싶다. 시인은 세상의 사물에 생명을 주고 언어로써 대화하고 싶다. 사물의 속성에 의미를 부여하는 것이다. 사물에 대한 깊은 관심과 관찰력은 시인의 상상력에서 온다. 전용숙 시인은 여기서 바다의 속성을 재해석하고 확장 비유시키고 있다. 그리하여 드디어 바다의 속내를 파악한다. 가끔 바다도 혼자 있고 싶다는 것은 지금 시인이 혼자 있고 싶은 것이다. 삶의 무게를 잠시 내려놓고 나를 닮은 바다를 만나 그동안 참고 참았던 울음을 토하고 싶다. 태풍이 올 때 바다는 울음을 토한다. 바다 자신이 우는 모습을 들키고 싶지 않은 것이다. 핑계를 대고 모든 괴로

움과 서러움을 쏟아내고 싶은 것이다.

꼬막으로 유명한 벌교에서 꼬막이 가장 맛있을 때는 언젠가? 꼬막이 가장 맛있게 생산될 때는 태풍이 온 뒤라고 한다. 바다가 뒤집혀 한바탕 뒤죽박죽이 되었다가 쭉쟁이는 없어지고 튼실한 알맹이만 남는 것이다. 삶도 마찬가지다. 알게 모르게 삶은 환희와 달콤함보다는 고통과 아픔이 많은 여정이다. 가슴에 쌓아둔 근심 걱정, 말 못 할 기구한 사연일랑 바다가 불러주지 않아도 바다를 만나 속앓이를 풀어야 한다. 시인이 「빈손」에서 손을 비워 놓은 것처럼, 「빈 바다」에서는 바다가 속앓이를 하며 찾아오는 누군가를 위해 자신을 비워 놓고 있다. 바다가 자신을 비우고 가슴을 활짝 열어 놓은 속내야말로 속앓이 하는 당신과 함께 울어주고 싶은 것이다. 그러면서 바다 자신도 막힌 가슴을 훌훌 털어버리고 싶은 것이다.

한 번도 말의 온도 잰 적 없어
그 끝이 날카로운 줄 몰랐지
등 돌린 사람 돌려세우는 길
말의 온도나 글의 온도로
함께할 수 있다는 걸
가끔 해리장애처럼 잊고 살았네

다른 이의 말
내 손 안에서 녹아 없어지던 날
내 말도 다른 이의 가슴에
녹아내렸지
손 맞잡지 않아도
말 서로 기대면
온도 느껴지는 대로

말에도 온도계를 넣어보자
너무 차거나 너무 뜨거우면

식히거나 데워보자
말의 온도는 가슴에 대면 안다
함께 가슴에서 적절한 온도의 말
꺼내어 쓰고 또 넣어보자

-「말의 온도」 전문

「말의 온도」에서 전용숙 시인은 말을 살아 있는 생명체로 변환하고 있다. 우리가 어떤 말을 한다는 것은 말하는 사람의 사유가 그 말에 담겨 있다. 말(言語) 속에 뼈가 있다는 말도 같은 맥락이다. 사람마다 구사하는 말(言語)에는 저마다의 뉘앙스, 분위기, 태도 심지어 그 사람의 마음까지도 담겨 있다. 사람은 동물처럼 즉흥적으로 행동하는 존재가 아니다. 깊이 생각한 후 행동하고 말을 하는 지적인 존재다. 이에 전용숙 시인은 말과 글에 온도가 있다고 확신한다. 그 확신이 메타포로 독자에게 전달되고 있다. 세 치 혀라는 말이 있다. 말이 얼마나 상대방의 심장을 찌를 수 있는지 일깨워주는 말이다. 시인은 말에 적절한 온도가 필요하다고 생각한다. 때와 장소를 구별하지 못하고 뜨거운 찬사를 보내도 다칠 수 있고 분노를 참아내지 못하고 차디찬 한마디 말로 돌이킬 수 없는 상처를 줄 수도 있다.

최근에는 트위터, 페이스북 등 SNS상의 댓글이 문제가 되고 있다. 생각 없이 달아 놓은 즉흥적인 댓글이 악플이 되어 순식간에 많은 사람에게 전달되고 한 사람의 인생에 돌이킬 수 없는 지경을 만들거나, 죽음에 이르기까지 할 수도 있다. 말은 사실이 아닐 때 심각한 폭력이 된다. 말의 폭력은 생각 없이 내뱉은 말도 있지만 정제시키지 못하고 뱉은 말 한마디가 상대방에게는 치유 불가능한 비수가 되어 가슴에 꽂힌다. 전용숙 시인은 말에 온도계를 넣어 말로 인한 외상, 마비, 무감각의 만성적 장애로 변질되는 것에 대해 경고하고 있다.

지그문트 프로이트는 인간은 직접적으로 알 수 없는 마음의 활동

이 인간의 생각과 행동을 지배한다고 했다. 마음속에 품고 있는 생각이나 감정이 무의식적으로 일어날 수 있다는 것이다. 말은 그 사람의 생각과 감정을 대변한다. 우리가 하는 말실수는 사실 감추고 싶은 생각이 무의식 중에 표출되는 것이다. 프로이트의 정신분석은 원래는 억눌러야 할 생각이 입 밖으로 표출됨으로써 난처한 지경에 빠지는 것이라고 해석한다. 억압하고 싶거나 잊고 싶은 어떤 것이 마음의 심층으로부터 터져 나온다는 뜻이다. 내가 뱉은 말 한마디도 그냥 나오는 것이 아니라는 사실을 우리는 알아야 한다.

한 모둠의 사람 떠난다

관계의 매듭 너무 꽁꽁 묶어
용서치 못한 마음 한 자락
길게 그어진 생채기
용서할 걸 그랬나
끈적이는 더위는 관계를 밀어냈다

기어이 아리다

-「인연」 전문

시인의 「인연」에는 용서하지 못하고 보낸 어떤 사람이 있다. 용서하지 못하고 보냈기 때문에 아파하고 있다. 불가에서는 "인(因)은 결과를 만드는 직접적인 힘이고 연(緣)은 그를 돕는 외적이고 간접적인 힘이다"고 했다. 모든 것은 인과 연이 합쳐져 생겨나고 인과 연이 흩어지면 사라진다고 한다. 사람과 사람 사이의 인연은 질기고 질기다. 그리하여 끈질기다고까지 한다. 인연을 끊는다는 것처럼 모진 일이 없을 것이다. 사람과 사람 사이에 맺은 인연을 끊는다면 그것이 타의 건 자의 건 앙금이 남을 수밖에 없다. 미운 정도 정이고 고운 정도 정이라서 정이 들면 미운 정 고운 정이 모두 상관없이 고통스러운 것이다.

인연이란 없던 관계를 새로 만드는 일이고, 용서는 껄끄럽던 악연을 소멸시킨다고 한다. 용서는 과거를 끊을 수 있지만 잊지 않는 것이다. 용서는 마음을 비워 두려움을 잊는 행위다. 예수는 원수를 사랑하라고 했지만, 인간은 원수를 사랑하기 쉽지 않다. 어쩌면 평생 용서하지 못하고 원한을 품고 살다가 죽을 수도 있다. 용서 앞에서 우리는 두리번거린다. 용서가 그리 쉽지 않은 것이다, 그동안 함께 보낸 시간이, 그동안 맺은 인연의 정이, 함께 보낸 시간이 두터울수록 용서는 더 힘이 들 수 있다. 용서하지 못하는 마음은 그런 것이다. 애증이 함께 뒤섞여 있기 때문이다. 호들갑스러운 사랑의 표현은 그 속에 무의식적인 증오를 숨기고 있는지도 모른다. 사람이 만나고 헤어지는 것이 순리이거늘 마음속 깊이 자리한 그때, 그 순간에 박동하던 심장을 시인은 잊지 못하고 있는 것이다.

왜 그랬느냐고
왜 그렇게까지 해야 했느냐고
그저 지나기에 손 흔들던 것뿐
그저 친구에게 가던 길

풀섶이 흔들리며 삶이 갈리던
그 길엔 같은 바람이 부는데
그날 거기서 왜 그랬느냐고
물어도 물어도
말없음표

시간 지나는 길에도
노오란 의문부호 주렁주렁
두드리는 대문 앞에는
말없음표

누구에게 물어야 하나
말없음표 말없음표 무한궤도

-「의문부호」 전문

말없음표는 문장이나 글의 일부를 생략할 때 쓰는 부호이다. 시인은 삶의 어느 갈림길에서 의문부호가 주렁주렁 달린 무한궤도와 마주치고 있다. 삶은 해답이 없는 시험지이다. 동시대를 살아가는 누군가에게 물어도 그 답은 없다. 자신이 한 행동에 대해서 왜 그렇게 했는지 명확하게 알 길이 없다. 다만 그때, 그 당시에는 그렇게밖에 할 수 없었던 일이 존재한다. 그것이 최선의 길이 아니었던 일이 말이다. 삶은 그렇듯 알 수 없는 이상한 여정이다.

시인은 「의문부호」에서 기억의 단편들을 소환하고 있다. 그 기억은 시간이 흘러도 의문부호만 주렁주렁 달려 있다. 시인이 해체와 재구성을 통해 리메이크하는 시적 진술은 명징하지 않다. 이미지는 마치 꿈결 속 흐릿한 기억과 흔적 같은 비현실적이다. 기억은 순서가 없다. 무엇이 앞이고 무엇이 뒤인지 모호하다. 기억의 파편들은 과거의 흔적을 꿰매고 있다. 두드리는 대문 앞에도 누구에게 물어보는 현장에도 의문부호만 있다. 삶은 덧없는 것이고 말없음표의 무한궤도이다. 시인이 할 말을 줄였다. 시인은 왜 할 말을 다 하지 않고 줄인 것일까? 시인은 마음에 품은 생각을 말없음표 속에 숨겨 놓은 것이다. 왜 그런 결단을 내렸는지 유보하는 것이다. 머뭇거리는 것이다. 말없음표는 기호다. 때로는 기호가 말보다 날카롭거나 애잔하다. 말없음표는 그냥 말을 줄이는 것으로 끝나지 않는다. 시인의 말없음표는 다시 돌이킬 수 있는 길을 찾고자 하는 것이다. 때로는 침묵이 백 마디의 말이나 장황한 글보다 강력한 힘을 발휘하듯 말 없음은 역설적으로 어떤 문제를 해결하는 열쇠가 되는 것이다. 친구가 떠나던 날에 손만 흔들었던 속내를 친구는
언젠가 알 것이다.

손이 비어 있어야
남의 손을 잡아줄 수 있다
늘 손에 뭘 쥐고
놓지 않으려 애쓰는
손이 앞뒤로 분주하다
빈손 되어라

손이 비어야
남의 손을 잡고 일어설 수 있다
엎드린 채 두 손은 땅만 짚고
얼굴도 들지 않으니
곁에 내미는 손 볼 수 없어
빈손 되어라

빈손으로 남의 짐 들어주고
손 내밀어 먼저 인사할 수도 있는
비어있어 정말 좋은
빈손 되어라
손뼉 치며 웃을 수 있게

-「빈손」 전문

빈손이란 말 그대로 아무것도 가진 것이 없는 손이다. 전용숙 시인의 「빈손」 또한 메타포이다. 돈이나 물건 어느 것도 가진 것이 없는 상태를 은유하고 있다. 시인은 "빈손이 되어라"고 말한다. 손을 비워 두어야 무언가 의미 있는 일을 할 수 있다. 空手來空手去라는 말은 말 그대로 빈손으로 왔다가 빈손으로 간다는 뜻이다. 인생의 무상과 허무를 말하고 있다. 우리가 내 것인 줄 알고 한껏 움켜쥐고 있었지만, 이 세상을 떠날 때 아무것도 가져갈 수 없다는 것을 망각하며 산다. 시인은 그 이치를 잘 알고 실천하고 싶은 것이다. 우리는 아무것도 가지지 않은 빈손일 때 자유로울 수 있다. 시인은 '빈

손' 이라는 상징적 의미를 무한 확장시키고 있다. 빈손의 상태에서 자신도 구원하고 타인에게도 손을 내미는 따뜻한 세상을 꿈꾸고 있다. 남의 짐을 들어줄 수 있는 것은 내 손에 아무것도 없어야 가능하다. 빈손으로 있어야 누군가 내미는 손을 잡아줄 수도 있다. 모두가 움켜주고 있는 세상이 아니라 무엇이든 나누는 세상이 되는 것이다. '빈손' 은 추상적이지만 희망을 그려내고 있다.

길을 묻지 마라
길은 묻는 게 아니다
길은 찾아야 한다
누군가 길을 묻거든
어설픈 입담으로 방향을 가리켜
훗날 후회를 만들지 말고
길은 찾아가라 해야 할 일

길은 찾아가야 할 일
그래 길 묻는 이 있거든
손 잡아 등 두드려 주고
이마에 땀 훔쳐 주고
더는 말없이 웃어주어라

길은 묻는 게 아니라
찾아가야 한다고
떠나는 이 등에 말할 일이다

-「길은 묻는 게 아니다」 전문

사람은 사회적 동물이다. 혼자 살 수는 없다. 서로 의지하면서 살아야 외롭지 않다. 심리학자 알프레드 아들러는 자신의 과제와 타인의 과제를 분리한다. 누군가가 나에게 주는 애정은 타인의 과제이므로 함부로 침범하지 않는 게 좋다고 말한다. 똑같은 감정을 강요하는 건 나의 과제와 타인의 과제를 분리하지 못하는 것이다. 아울러 심리학은 타인에게 인정받기를 원하는 마음을 부정한다. 이는 자신의 삶을 살지 못하고 타자의 삶을 살기 때문이다.

「길은 묻는 게 아니다」에서 시인은 스스로 길을 찾아야 한다고 진술하고 있다. 누군가 길을 묻거든 스스로 찾아가게 등을 두드려 주는 일 외에는 삼가라 한다. 위로와 박수를 보내는 선에서 멈추라는 것이다. 누군가 목표를 상실하거나 목적지를 잃고 고민 상담을 해 온다면 멀리 서서 관조하면 되는 것이다. 조언을 해야 할 필요가 있다면 오히려 깊이 관여 하기보다는 운동을 해보라든지 산책을 함께 한다든지 이야기를 진지하게 들어주는 것이 더욱 효과적일 때가 있다. 관조란 밝게 비추어 본다는 의미이다. 어떤 특정한 견해에 얽매이지 않고 그대로를 지켜보는 것이다.

사람의 길은 단순히 물리적인 길이 아니다. 한 사람의 일생이다. 한 사람의 일생을 감히 건드리거나 자칫 관여한다면 돌이킬 수 없는 실수를 하는 것일 수도 있다. 누구나의 삶은 그대로의 아름다운 길이 있다. 스스로 엮어내는 삶의 진정한 의미가 있는 것이다.

그때 백마엔 부르지 못할
노래가 흐르고
쉬지 못한 날숨에 억새빛
누우런 썩은 사과 촛불
내 용기처럼 흔들리던
그때 백마에 가던 날

길 잃은 아이가 되어
철길에 머물던 젊은 얼굴엔
다물어버린 진실이 안타까이
숨어 곁눈질로 기우는
석양을 보는 그때 백마엔
서울의 금지어가 술렁거렸던

늘어가던 주전자 빛도 검어지던
그래도 백마를 뜨지 않던 사람들
막차의 알림을 듣고서야
일으키던 엉덩이는 모두 묵직한
미안함 한 줌씩 매달고 가는
그때 백마에 가고 싶다

내 갚지 못한 역사의 부채
생각날 때 그때
백마에 가고 싶다

-「그때 백마에 가고 싶다」 전문

시대마다 있었던 부조리한 사회의 가장 큰 원인은 사상이었다. 권력을 잡은 쪽에서 모든 것을 폭력으로 억압한다. 사상범이라는 명분으로 민중을 억압하던 시기가 있었다. 군사정권이 권력을 잡았던 시기에는 '말' 도 조심해야 했으며 '노래' 조차 함부로 부를 수 없었다. 서울 신촌에 낭만이 가득한 주점들이 있었다. 그 주점들은 개발에 밀려 하나, 둘 문을 닫았다. 그 와중에도 낭만주의자 몇몇은 가까운 시외로 이전하는 선택을 했다. 그곳에 작은 역사가 있었다. '백마' 라는 곳이었다 작지만 따뜻함이 넘치는 공간이 살아남은 것이었다. 낭만이 그리울 때 무시로 '백마' 에 가던 사람들이 있었다. 애타는 목마름에 시달리던 사람들은 백마로 갔다.

시인도 그중 한 사람이다. 지금은 길은 넓어지고 교통이 발달해 빠르게 갈 수 있는 역사로 화려한 변신을 하고 신도시에 우뚝 서 있지만, 그때 그 시절에는 하루에 몇 번밖에 운행하지 않던 경의선 기차를 이용해야 갈 수 있었다.

「그때 백마에 가고 싶다」에서 시인은 그때라는 접두어를 붙이고 있다. 지금이 아니라 그때라는 것이다. 현재가 아니라 과거이다. 시인은 어찌 과거로 돌아가고 싶은 것인

가. 그때 '백마' 에서 쉽게 부르지 못할 노래가 거침없이 흘렀다. 시간 가는 줄 모르고 속에 있던 말들을 털어놓을 수 있는 장소였다. 갈 길을 잃은 이에게 아름답게 비춰주던 석양이 있었다. 날이 시퍼런 날들이 있었다. 암울했던 시절이 있었다. 하고 싶은 말을 속 시원히 하지 못하고, 목놓아 부르고 싶은 노래도 함부로 소리 내지 못하던 때가 있었다. 많은 것들을 금지 시키고 숨죽이며 살아야 했던 그때를 시인은 소환하고 있다. 그때 그 '백마' 에서 길을 잃고 울먹울먹 시인은 울었다. 진실을 토하고 싶은 것을 누르고 주전자가 검어지도록 한 잔 술을 마셨다. 막차의 울림이 울리고서야 무거운 엉덩이를 들어 올리며 일상으로 복귀하던 그때, 그 백마에 역사의 부채가 아직도 남아있다. 시인의 미안한 마음이 사라지지 않고 있다. 지금 그때의 '백마' 는 변했지만, 시인이 기억하고 있는 한 '백마' 는 영원히 그대로 있을 것이다. 시인은 현재의 삶을 살다가 또다시 뭔가 부딪치거나 진실이 억눌릴 때, 때때로 숨이 막힐 때 '백마' 로 향할 것이다. 갚지 못한 부채를 생각하면서 말이다.

전용숙 시인의 두 번째 시집 『말의 온도』는 말에 대해서, 온도에 대해서, 그리고 시인이 풀어놓은 말의 온도에 대해서 깊은 생각을 하게 한다. '말' 에 온도가 있다는 시인의 상상력이야말로, 무엇보다도 시인을 상징하는 언어다. 시인의 말, 누군가의 말, 저마다의 말의 차이에 대해서도 깊은 사유가 필요하다는 것을 새삼 느낀다.

파블로 네루다는 그의 시 「말」에서 이렇게 설파했다. 메타포로 가득 찬 그의 시를 일부 옮겨본다.

"말은/ 핏속에서 태어나/ 어두운 몸속에서 자라/ 고동치다/ 입과 입술을 통해 나왔다/ 저 멀리서 점점 더 가까이/ 조용히, 조용히 말은 왔다/ 그래서 이것이/ 죽은 사람들과/ 아직 동트지 않은 새로운 존재의 새벽과/ 우리를 이어주는 파장인 거다"

'말'은 우리가 함께 부대꼈던 사람들, 우리가 걸어온 여정과 헤쳐온 시간의 반영이다. '말'은 몸속에서 자라고 고동치다가 오는 것이다. 파블로 네루다는 "말해진 말의 울림을 통해 나의 길을 찾는다"고 했다. 그리고 "한마디 말이나 빛나는 잔을 들어 올리며 말과 건배한다"고 했다. 말은 우리의 원천이며 생생한 생명이기 때문이다.

전용숙 시인의 두 번째 시집 『말의 온도』에는 시인의 '말(言語)'이 시인의 고유한 시어로 전환되고 있다. 시인이 만난 사물은 새로운 메타포로 생생하게 태어난다. 그리하여 시인과 독자 사이의 잔잔한 파장을 만들고 있다.

현재는 코로나 시대다. 사회적 재앙으로 옥죄어오는 위험성에 모두 긴장하고 있다. 앞으로의 시대는 코로나의 전과 후로 구분될 것이다. 코로나로 인한 팬데믹 시대가 오랫동안 지속되면서 사람들의 마음은 거칠어지고 메말라가고 있다. 이런 시기일수록 우리에게 시가 필요하다. 절망과 좌절 너머 시인은 한 아름 희망의 메시지를 싣고 있다. 일상을 탐색하는 시인의 시는 희망을 길어 올리고 있다. 암울한 시기를 건너는 에너지가 될 것이 분명하다. 시가 사라지는 이 각박한 시기에 전용숙 시인의 시집 『말의 온도』에 등장하는 다양한 시적 표현과 발화는 시인 특유의 메타포로 펼쳐져 있다. 시인의 시편들은 이 위험한 세상에 한줄기 시원한 사이다가 될 것이다. 세상의 나쁜 바이러스를 덮어 줄 하얀 '눈'으로. 하얀 도화지 위에 그리는 '말의 온도'로 새날을 피워낼 것이다. 시인이 추구하는 눈부시도록 아름다운 희망의 삶이 시작될 것이다.

인지생략

말의 온도

2022년 1월 05일 초판 1쇄 인쇄
2022년 1월 11일 초판 1쇄 펴냄

글 사진 | 전용숙
펴낸이 | 송계원
디자인 | 송동현 정선
제　작 | 민관홍 박동민 민수환
펴낸곳 | 도서출판 담장너머
등　록 | 2005년 1월 27일 제2-4102
주　소 | 11123 경기도 포천시 화현면 달인동로 89-1
전　화 | 031-533-7680, 010-8776-7660
팩　스 | 031-534-7681
이메일 | overawall@hanmail.net
카　페 | http://cafe.daum.net/overawall

ISBN 89-92392-63-1 03810
값 13,000원

* 이 책의 제작비 일부는 창작지원금으로 제작되었습니다.